大偵探
福爾摩斯

―― 銀星神駒失蹤案 ――

S H E R L O C K H O L M E S

序

　　20多年前留學日本時，看過一套電視動畫片集，叫做《名探偵福爾摩斯》，劇中人物全都是狗。這個擬人化手法，把福爾摩斯查案的經過拍得活靈活現，瘋魔了不少日本小朋友，也讓我留下深刻印象。後來才知道，這套動畫片集的導演不是別人，原來就是後來拍了《天空之城》、《龍貓》和《崖上的玻兒》的大導演宮崎駿！

　　創作這套《大偵探福爾摩斯》圖畫故事書時，與負責繪畫的余遠鍠老師談起這段往事，我們都覺得這個手法值得參考。但珠玉在前，怎樣才能編繪出不同的變化呢？經過一番討論後，我們決定再激進一點，索性把整個動物世界搬過來，把福爾摩斯變成一隻擬人化的狗、華生就變成貓，其他還有兔子、熊、豹和熊貓等等。

　　於是，在余遠鍠老師的妙筆之下，一個又一個造型豐富多彩的福爾摩斯偵探故事，就這樣展現在眼前了。希望大家也喜歡吧。

厲河

大偵探
福爾摩斯
——銀星神駒失蹤案——

登場人物介紹

福爾摩斯

居於倫敦貝格街221號B。精於觀察分析，知識豐富，曾習拳術，又懂得拉小提琴，是倫敦最著名的私家偵探。

華生

曾是軍醫，為人善良又樂於助人，是福爾摩斯查案的最佳拍檔。

小兔子

扒手出身，少年偵探隊的隊長，最愛多管閒事，是福爾摩斯的好幫手。

李大猩&狐格森

蘇格蘭場的孖寶警探，愛出風頭，但查案手法笨拙，常要福爾摩斯出手相助。

史崔克夫婦

男方為金斯伯倫馬廄的練馬師，案中死者。

羅斯上校

金斯伯倫馬廄的老闆，銀星神駒的馬主，個性高傲。

鼠普森

涉嫌盜馬和殺害史崔克的疑犯。

犀布朗

梅普爾頓馬廄的練馬師，為人粗暴。

猴特

馬僮，負責看管銀星神駒。

伊迪絲

金斯伯倫的女傭人。

大新聞呀！

　　「大新聞呀！大新聞呀！只賣剩一份，不買就沒得買啦！」一清早，小兔子在街頭拼命地揮動一份報紙大喊，「大熱門銀星神駒失蹤了呀！史上最大的奇案呀！」

　　小兔子每喊完一次，少年偵探隊的成員也一起跟著附和：「大新聞呀！只賣剩一份呀！不買就沒得買啦！」然而，他們地喊完，卻

又馬上指着小兔子 **哈哈大笑** 起來。

這時，華生剛好外遊回來，他聽到了小兔子的叫賣，於是停下腳步問：「小兔子，什麼大新聞？可給我看看嗎？」

「啊！還以為是誰，原來是 **華生醫生**。不過，這份報紙不能賣給你。」小兔子說。

「為什麼？」

「這份報紙是賣給平時不看報的人的。你每

大新聞呀！

只賣剩一份呀！

天都看報紙，買來也沒有用呀。」

「我剛從外地回來，已沒有看報紙好幾天了，這份就賣給我吧。」華生堅持。

「既然你這樣說，就賣給你吧。但可不要反悔呀，所謂『貨物出門，恕不退換』，買了就不能退啊。」小兔子加重語氣說。

「哎呀！真囉唆，快拿來吧。你不是說那匹銀星神駒失蹤了嗎？我也想看看這宗新聞呀！」說完，華生一手搶過報紙，付過錢後就上樓去了。

少年偵探隊的隊員看着華生上樓的身影，禁不住發出一陣聽來別有含意的奇怪笑聲。

嘻嘻嘻……嘻嘻哈哈哈……哈哈嘩……嘩嘩嘩哈哈哈哈！

笑聲由弱變強，震響了整條貝格街。

華生上到二樓，只見福爾摩斯已一早起來了，他閉着雙眼坐在沙發上，好像正在沉思什麼似的。

「啊！你回來了。」福爾摩斯 睜開 一隻眼睛向華生打招呼。

華生放下行李，揚一揚手上的報紙興奮地說：「你知道嗎？出了大新聞，那匹著名的熱

門馬銀星神駒失蹤了！」

　　這時，福爾摩斯才完全張開那半睡半醒似的兩隻眼睛道：「什麼大新聞？你現在才知道嗎？那是兩天前的舊聞了。」

　　華生愕然，他半信半疑地反問：「不會吧，這份早報是剛從小兔子手上買回來的呀，怎會是舊聞？」

　　「從小兔子手上買來的？」福爾摩斯面上露出狡黠的微笑，「你看看報紙上的日期吧。」

　　華生不明所以地看看報頭，看到報頭上的出版日期時才驚叫起來：「哎呀！怎麼是兩天前的報紙？」

「**哈哈哈!**」福爾摩斯大笑,「小兔子真有本事,人家丟掉的舊報紙也可以撿來再賣。」

華生這時才**恍然大悟**,怪不得剛才少年偵探隊的隊員們在他背後發出奇怪的笑聲了。原來是笑他買了小兔子的過期報紙。

「不過也沒關係,反正你並不知道這宗仍未破的案件,而且要了解牠失蹤的詳情,正好看看報紙,省得你向我**問長問短**。」福爾摩斯說。

「啊?警方還未找到銀星神駒嗎?那麼就不算是舊聞了。」華生知道仍未破案,馬上顯得**興致勃勃**,已不管那是過期報紙,一屁股坐下來就攤開細閱。

小兔子說得不錯,這果然是一宗奇案。根據報紙的報道,奇案發生在兩天前⋯⋯

London News

駿馬銀星神駒離奇失蹤
練馬師遇襲死於荒野

（本報訊）西南部達特姆爾的著名馬廄金斯伯倫昨夜發生兇案，其練馬師遇襲死亡，駿馬銀星神駒更離奇失蹤。

本報記者根據目擊者的證言，重組了以下的案情。

案情重組

遇害的練馬師叫約翰·史崔克，他像往常那樣在晚上八點鐘左右就叫大家收工，並向一個馬僮說：「猴特，你今晚值班守夜，小心看管好馬匹。」

猴特是個十多歲的少年，他恭恭敬敬地回答：「知道了，史崔克先生。」

「特別是銀星神駒，牠過幾天就要參加大賽，出

了什麼差錯，我們可擔當不起。」史崔克再三強調。

「我知道的，羅斯上校最喜歡就是牠，我一定會好好看着牠。」猴特小心地回應。

史崔克打量了一下馬廄四周，發覺沒什麼問題後，就向

大家說：「猴特留下守夜，其他人到我家吃晚飯吧。」說完，就領着一眾工人吃飯去了。

「嘩！今晚吃的是咖喱呢！好香啊。」工人們一走進史崔克家的飯廳時，聞到咖喱的香氣都不禁食指大動。

「唔，是我叫內子特

別用上等的咖喱粉弄的，用來拌麵包就最好吃。」史崔克說。

「那我們不客氣了。」工人們一坐下，就紛紛拿起刀叉吃起來。

史崔克親自從廚房裏拿出一份咖喱餐交給女傭伊迪絲，然後說：「這份是給猴特的，你拿去給他吧，他也應該肚子餓了。」

「是的。」伊迪絲接過餐盤，拿了一盞油燈，就送飯去了。

馬廄與史崔克的房子相距200碼左右，伊迪絲走過通往馬廄的草地時，看到一群吉卜賽人正在附近生火紮營。周圍一片漆黑，她有點兒害怕，連忙加快腳步往馬廄走去。

胖子出沒套取情報

當快要走到馬廄附近時，突然，她聽到身後響起一陣急促的腳步聲，好像正在追趕着她。膽小的伊迪絲赫然一驚，連忙轉身一看，只見一個身材略胖，西裝筆挺的中年人正向她走近。

「你是誰？有什麼事？」伊迪絲裝作鎮靜地問道。

「呵呵呵，沒什麼。我迷路了，請問這兒是什麼地方？」中年漢子笑着問。

原來是問路的，伊迪絲安心了，於是答道：「這兒是金斯伯倫的馬廄。」

「是嗎？真好，我正是要來這裏啊。」說着，中年胖子有點興奮地從口袋中掏出幾個金幣，「打賞給你的，拿去買件

新衣裳吧。」

「為什麼打賞給我？」
伊迪絲看到中年胖子的不
尋常舉動，戒心頓起。

「哈哈哈，沒什麼啦。
只是想問些關於銀星神駒
的事兒罷了。」那人裝出
和善的樣子，但他的眼神
卻讓人覺得這是個狡猾的
傢伙。

伊迪絲一聽到「銀星
神駒」的名字，不禁暗地
吃了一驚，她也知道馬廄
的主人羅斯上校最愛這匹
馬，而且練馬師史崔克曾
下令不得向外人透露任何
關於牠的情報。

伊迪絲正在猶豫不知

如何是好之際，中年胖子
已踏前一步，逼近她說：
「別害怕，帶我去找看管
銀星神駒的馬僮吧，我問
一些事情就走。」

「別害怕」這句話反
而觸動了伊迪絲的神經，
她突然感到威脅已逼在眼
前，馬上轉身就跑，頭也

不回地直往馬廐衝去。

「怎麼了？」猴特看

到伊迪絲氣急敗壞地衝進
來，連忙問道。

伊迪絲放下手上的
餐盤和油燈到窗邊的餐桌
上，上氣不接下氣地說：
「剛才在外面碰到一個男
人，他要打聽銀星神駒的
情報。看樣子，他不是一
個好人。」

「是嗎？不要管他，大

賽的日子接近了，很多人
都想拿到內幕消息，然後
下注大賺一筆。哼！這些
人最叫人討厭。」

接着，猴特嗅一嗅桌
上的咖喱：「很香啊，
史崔克太太的廚藝很了不
起。」

說到這裏，突然，窗
邊傳來了
「咚咚咚」
幾下敲打
聲，嚇得站

在窗邊的伊迪絲連忙往後退。

正直馬僮怒逐疑人

剛才那個中年胖子隔着窗戶，堆着滿臉笑容向屋內揮手。從伊迪絲的反應看來，猴特已知那胖子是什麼人。

他走近窗邊，打開窗門冷漠地問道：「請問有何貴幹？」

「呵呵呵，沒什麼。聽說你們的馬廄會派一匹馬出賽西撒克斯盃，如果可以告訴我一些情報的話……」說着，中年胖子伸手從西裝內袋中掏出一些東西，但掏到一半，只露了一點點，就馬上塞回口袋中。猴特眼利，知道那是一疊鈔票。

「呵呵呵……看到了

吧？」中年胖子拍一拍胸前的口袋，「透露一些有用的情報給我，你就可以發一筆小財啊。」

猴特聽到這裏，已按捺不住高聲斥喝：**「臭胖子！你以為我會告訴你嗎？你站在那裏不要走，我現在就來教訓你！」**

說完，猴特衝往小屋連接着的馬廄，拉了一隻兇猛的看門犬出來，直奔到小屋外面，可是，那個中年胖子已消失了。

這時，伊迪絲也從小屋走出來，問道：「他好像走了。現在該怎麼辦？」

猴特悻悻然地說：

「哼！臭胖子居然走得這麼快，要是給我逮着了，一定放狗咬破他的屁股！」

說完，他轉過頭來吩咐伊迪絲：「你馬上去告知史崔克先生，讓他小心提防。我一邊吃飯一邊在馬廄守着，不會容許任何人接近的。」

伊迪絲點點頭，就往史崔克家走去。

吃過咖喱餐後，猴特與看門犬在馬廄四周巡視了一遍，還特別走到銀星神駒前，摸一摸牠額上那塊星形的白斑，然後輕輕地說：「很多人都在注意你的一舉一動呢，

星期日出賽時可不要讓我們失望啊。」

說完，猴特知道周圍已沒有可疑的人，於是就放心坐下來小歇。可能日間的工作已太累了吧，他很快就輕輕地打着呼嚕，

靠着牆壁睡着了。

這時，外面響起了「沙沙沙」的下雨聲。

練馬師史崔克在家中看來有點兒坐立不安，他對妻子說：「剛才伊迪絲説有個可疑的中年胖子在附近活動，實在叫人不放心。待我去馬廄看看，你先睡吧，不用等我。」説着，他在太太的額頭上吻了一下，就穿上雨衣推門出去了。

銀星神駒離奇失蹤

　　史崔克太太知道丈夫對馬匹比對親兒子還着緊，於是不以為意，就先上床睡覺去了。

　　次日清晨，有兩個馬僮走到馬廄準備餵馬時，卻赫然發現關住銀星神駒的那個柵欄打開了，而銀星神駒更消失得無影無蹤。留下的，只是仍然靠在牆上呼呼入睡的猴特！兩人大力拍打猴特，企圖叫醒他，但他睡得竟像死

豬一樣，怎樣叫也不醒。

練馬師被棄屍荒野

他們大驚失色，馬上奔往史崔克家通報。這時，正好史崔克太太也慌慌張張地走過來，她抓着兩人問：「你們有看見史崔克先生嗎？他昨天晚上出去了就一直都沒有回來。」

兩個馬僮大驚：「什麼？我們發現銀星神駒不見了，難道連史崔克先生也失蹤了？」

「啊！這可不得了啦！」史崔克太太知道出了大事，

「你們馬上召集多幾個人到附近搜索，另外派一個人去通知羅斯上校！」

「知道！」兩人商量了幾句就分頭行事。

不一會，他們已召集了五六個工人，然後和史崔克太太一起走到附近的草原搜索，大約在離開馬廄幾百碼外的地方，終於找到了史崔克。

他仰臥在一處低窪地上，前額有明顯的傷口，肯定是被硬物擊中造成的，這看來也是奪去他性命的致命一擊。

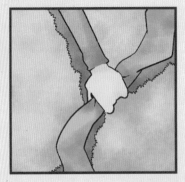

奇怪的是，他手上握着一條不屬於他自己的頸巾。

而本應穿在身上的雨衣，卻掛在附近一株小樹的樹丫上隨風飄揚。

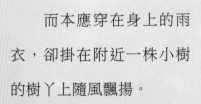

銀星神駒去了哪裏?

「怎樣?終於看完了報紙的案情報道吧?」
福爾摩斯喝了一口咖啡道。

「嗯⋯⋯報道得很詳細,
簡直就像看**偵探小説**似的。」
華生放下手上的報紙。

「哈哈哈!你這個形容真好。

對!簡直就像看偵探小說那

樣。」我們的大偵探笑道,

「銀星神駒是匹熱門馬,全城

都在注意牠的**一舉一動**,牠

突然失蹤了,記者當然不會放

過這個機會,把牠的故事

寫得**繪影繪聲**了。」

「那麼你呢？你對這種奇案應該會深感興趣呀，怎麼不去調查一下？」華生對福爾摩斯隔岸觀火似的態度感到疑惑，因為他知道我們的大偵探最喜歡為這種**莫名其妙**的案件動腦筋。

「說得對，我在星期二傍晚已收到電報，蘇格蘭場的警探**狐格森**和馬主**羅斯上校**邀我幫忙，所以我這兩天都在想着此案，恨不得馬上就去着手調查，只是以為不必我出手而已。」

「此話怎講？」華生問。

「理由很簡單，銀星神駒是匹全城都認識的名駒，偷了牠的人很難把牠賣出，而且在達特姆爾這種**人煙稀少**的地方，要把一匹馬長時間

藏起來也頗麻煩。所以，昨天我一直期待牠被找到的消息。」

「說得也有道理，賣不出去的馬還要餵牠吃飼料，盜馬賊隨時還要虧本呢。只是……銀星神駒到現在還沒有露面，不是正好否定了你的分析嗎？」華生說。

「對，我的估計完全錯誤了。」福爾摩斯說着，就站起來伸了一下筋骨，「華生，走吧。」

「走？往哪裏去？」華生對大偵探突如其來的舉動感到詫異。

「還用說，當然是去金斯伯倫馬廄啦。否則，又怎會知道銀星神駒去了哪裏。難道你不想來？」

「我怎會不想去。雖然剛回來有點累，但又

豈能錯過這麼特別的案件。而且，你知道我一向喜歡賽馬。」

「對了，你這句話提醒了我。你去看賽馬時不是常帶着一個望遠鏡嗎？今次可能也用得着，別忘了帶啊。」福爾摩斯說。

數學遊戲

　　福爾摩斯先發了個 電報 ，通知狐格森和馬主羅斯上校在當地的火車站接車，然後就和華生乘火車往目的地出發。

　　「火車開得很平穩呢。」福爾摩斯一邊注視着窗外的風景，又不時看看 手錶 ，然後頗有自信地說，「我計算過，我們目前的時速是 60哩 。」

「計算？怎樣計算？」華生問。

「我知道這條鐵路上的**電線桿**是每隔1哩1根，我剛才看着手錶，測量了一下火車在兩根電線桿之間所需的行駛時間，就計出它的**時速**了。」*

華生想了一下，馬上就明白箇中的計算方法，說：「我剛才還以為你在欣賞窗外的風景呢，原來你在玩**數學遊戲**。你消磨時間的方法也真特別。」

*各位讀者，你也明白福爾摩斯的計算方法嗎？好好想一想吧。（答案在書中找）

「呵呵呵，無聊的時候玩玩**數學遊戲**就最好了，可以動一動腦筋。腦筋不動就會**生鏽**嘛。」福爾摩斯指着自己的腦袋說。

「你這麼無聊，是否已經想出破案的關鍵？」

「哪有這麼快。我只是覺得狐格森他們抓到的**疑犯**並不是真正的犯人。」福爾摩斯說。

「什麼？警察已找到犯人了？」

「啊，對了，小兔子賣給你的是前天的報紙，所以還沒有報道。但昨天的早報已報道了，疑犯叫**飛菲森**，就是那個在金斯伯倫馬廐附近徘徊、想套取情報

的中年胖子。」

「他的嫌疑很大啊，為什麼你認為犯人不是他？」華生問。

「他只是想套取情報贏錢罷了，沒有必要偷馬。而且，他是在附近一間旅館被抓到的，看來根本就沒有想過要逃走。此外，他對曾在金斯伯倫馬廄徘徊更直認不諱。如果他真的是盜馬賊和殺人兇手，又怎會這樣？」福爾摩斯分析道。

「唔……

說得也是。那麼，真正的犯人又是誰呢？」

「這正是我們要去 金斯伯倫 的理由呀，不去實地調查，很難找出頭緒。現在趁空閒，我們還是玩玩數學遊戲吧。」福爾摩斯 挪動 了一下屁股，面露狡點的笑容對華生說，「來，我出題，你來猜。如果兩根 電線桿 之間相隔半哩，火車在它們之間的行駛時間是半分鐘。那麼，火車的時速是多少？」

「我不像你，可沒有閒情玩 數學遊戲 。我寧願分析一下案情，先準備一下。」華生拒絕我們大偵探的邀請。

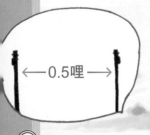

火車時速是？

「哈哈哈！你只是猜不到答案，才這樣說吧。」福爾摩斯取笑。

「什麼？這麼簡單的  會難倒我嗎？你實在太小看我了！」華生不甘示弱地說，「答案就是……」

隆隆隆隆隆隆……

這時，火車剛好經過一道鐵橋，發出了巨大的聲響，掩蓋了華生的說話。

※各位讀者，你們知道答案嗎？好好想一想吧。想不到的話可以在書中找出答案啊。

案情分析

福爾摩斯和華生玩着數學遊戲時，火車不經不覺已到了目的地。他們走出車站，只見狐格森和一個戴眼鏡的老年人已在等候，看來那位老人就是馬主羅斯上校了。

狐格森堆着笑臉揚手示意，並高聲叫道：「嗨！福爾摩斯先生，這邊！這邊！我們等你好久啦！」狐格森每次這樣堆着笑臉相迎，就可知道他遇到了非常棘手的難題。

福爾摩斯和華生也揚一揚手，往前走去。

「這位就是我在電報中提過的羅斯上校了。」狐格森介紹。

「我是福爾摩斯,這位是華生醫生,是我查案的夥伴。」

「**久仰大名了**。勞駕你們遠道而來,我實在非常感謝。希望你們不會讓我失望,能夠幫我為史崔克報仇,和找回我的愛馬。」羅斯上校說話雖然客氣,但語氣中也有點**傲慢**,看來並不是一個容易相處的人。

「他看來不太相信福爾摩斯的實力呢⋯⋯」華生想着,不期然地向我們的大偵探**瞥**了一眼。

上校
好傲慢。

「我們盡力而為吧。」福爾摩斯並無不悅。

　　說着，四人登上了一早就準備好的**馬車**，直往羅斯上校的金斯伯倫馬廏開去。

　　華生為了打開**話匣子**，於是問：「狐格森探員，你的老拍檔**李大猩**呢？」

　　「他仍在這裏的警局審問疑犯鼠普森，但那傢伙死也不認罪，更不肯說出把銀星神駒**藏**在什麼地方。」狐格森答道。

福爾摩斯問:「你們認為那個**鼠普森**就是兇手嗎?」

「那當然了。雖然他堅稱來這裏只是為了收集馬匹的情報,但我們從他的房間中搜出了一枝**粗手杖**,它用檳榔木灌鉛製成,末端還鑲了鉛頭,被它用力擊中,必會頭破血流。我們認為那枝手杖就是兇器。」狐格森說。

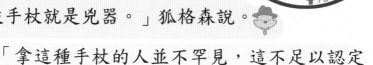

「拿這種手杖的人並不罕見,這不足以認定他就是兇手呀。」華生提出疑問。

「這個當然。不過,死者手上握着的**頸巾**,你知道是誰的嗎?」狐格森別有含意地說。

37

「難道是疑犯鼠普森的？」華生驚訝地問。

「對！正是屬於鼠普森的。事發當晚他曾到馬廄附近*徘徊*，女傭伊迪絲和馬僮猴特曾見過他戴着那條**頸巾**，他們兩人可以作證。」狐格森說。

↑證物

是……我的……

快招供！

「啊……」有這麼重要的證據，華生無法再作進一步的質疑。

這時，我們的大偵探終於開口了：「我有一個**疑問**，據報道說，負責守夜的馬僮猴特像昏迷般睡着了，難道他吃了什麼**迷藥**？」

真的不是我……

「問得好，他確實是吃了迷藥。我們從他的**咖喱餐**中，驗出了**鴉片**的成分，他吃完咖喱餐後，就迷迷糊糊地昏過去了。」狐格森説。

驗出鴉片成分

「原來如此。但那些鴉片是怎樣混進他的晚餐中？而鼠普森又從哪裏買到鴉片呢？」

「據女傭**伊迪絲**的憶述，她把咖喱餐放在窗下的餐桌旁，而猴特與鼠普森説話時打開了窗門，鼠普森要把鴉片粉**撒**進猴特的

↑撒鴉片粉

↑撒鴉片粉

咖喱餐中並不難。」狐格森説得頭頭是道，「至於鴉片粉的來源嘛，他一定是從倫敦帶來的。你也知道，要

真的不是我……

在倫敦買一些鴉片是**輕而易舉**的事。」

「說得也有道理。但是，鼠普森又如何走進馬廄的？難道馬廄沒有上鎖？」福爾摩斯問。

「據猴特說，馬廄是上了鎖的。我看鼠普森是預早配好**百合匙**，趁猴特昏睡後，就潛進馬廄，帶走銀星神駒，怎料卻在中途遇到練馬師史崔克，在糾纏之下就錯手殺了人。」狐格森說完，看一看羅斯上校，只見上校亦不住**點頭**，看來頗為滿意這個分析。

「那麼，從他身上找到了**百合匙**嗎？」

真的不是我……

錯手殺人

↓百合匙

百合匙

「**哈哈哈**，疑犯又怎會這麼蠢，還把百合匙留在身上。我們在他身上和旅館的房間都找不到。他一定是把它丟掉了。」狐格森語帶嘲笑地說。

然而，我們的大偵探並沒有理會他的嘲笑，仍然**緊追不放**：「那麼，鼠普森為何要偷走銀星神駒？如果

偷走了？

偷走了？

他是為了在賽事中贏錢，只須**弄傷**銀星神駒不就可以了嗎？」

「這個嘛……」狐格森頓時**語塞**，不知如何回答。羅斯上校則緊盯着他，令他倍感壓力。

福爾摩斯沒有放過他，再問：「如果鼠普森真的偷了銀星神駒，

不是我……

41

他把馬 **藏** 到哪裏去了？他不是本地人，要把一匹馬藏起來並不容易啊。」

「啊，這個嗎？我們已查出他這個 **夏天** 曾兩度來到這裏，他應該一早就視察過環境。」狐格森獲救似的說，「況且，這附近有 **吉卜賽人** 紮營，他們可能是鼠普森的同夥。」

「話是這麼說，但吉卜賽人把馬藏在哪兒呢？」羅斯上校似乎對狐格森的分析並不滿意。

福爾摩斯低頭想了一想，問：「這附近還有別的馬廄嗎？」

「有一所叫 **梅普爾頓** 的馬廄，那兒有一匹名駒叫德斯伯勒，是賽事

不是我……

的第二大熱門。」狐格森說。

「銀星神駒是第一**大熱門**，牠的失蹤對他們很有利呢。」華生插嘴說。

「據說梅普爾頓的練馬師**犀布朗**也在星期日的賽事中下了重注。他跟史崔克是死對頭。」羅斯上校說。

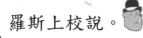

「那麼，他們不可能串通造馬嗎？」福爾摩斯問。

羅斯搖一搖頭，以肯定的語氣說：「不可能，史崔克已跟隨我多年，他以前是我的**騎師**，後來**胖**了不能出賽，於是在七年前當上練馬師。我對他非常熟悉，不可能出賣我。」

狐格森補充道：「我們已去過梅普爾頓馬廄調查，並沒有發現銀星神駒的**蹤跡**。」

福爾摩斯聽到這裏，就沒有再發問了，他閉上眼睛，陷入沉思之中，並浮現出一個又一個的疑點。

馬僮猴特吃了咖喱餐後就昏迷了。為何當晚吃的是咖喱？咖喱與鴉片又有什麼關係？

為何練馬師史崔克說要去馬棚，卻死在離馬棚數百碼外的地方？

為何史崔克死時，
會握着鼠普森的頸巾？

為何鼠普森要捨易取難，想
偷走銀星神駒？若然要銀星神駒
在賽事中跑輸，為何不弄傷牠的
腳或者餵瀉藥給牠吃？

而最重要的是，銀星神駒
究竟被藏在哪裏？

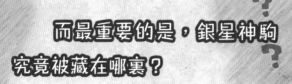

奇怪的證物

福爾摩斯已完全陷入沉思之中，連馬車停下來也**全然不覺**。

「喂，我們已到了。」華生拍一拍他的肩膀提醒。

「啊，到了嗎？」福爾摩斯從沉思中驚醒，「對不起，我想事情想得太入神了。」他睜眼一看，原來馬車已停在一間**大屋**前面。

羅斯上校面露不悅，拋下「**哼！**」的一聲，就逕自往大屋走去。這也難怪，傳聞中的福爾摩斯是個聰明絕頂、**料事如神**的人，怎會連馬車停了還在睡覺？

一行人在羅斯上校的帶領下，走進了大屋

的客廳，只見一張圓桌上，放着一枝**蠟燭**、一盒**火柴**、一隻帶有銀製錶鏈的**懷錶**、一個鋁製**鉛筆盒**、一個**煙斗**、一個裝煙草的**小皮包**、幾張**單據**、幾個**金幣**、一個**軟木塞**、和一把沾了血的**小刀**。

「這些就是死者史崔克遺留在現場的東西了。」狐格森指着桌上的東西說，「火柴、蠟燭和軟木塞是在遺體身旁的地上找到的，小刀則是死者握着的，其他東西都是在他身上發現的。」

福爾摩斯拿起小刀仔細地檢視：「這不是普通的小刀呢，看來是把**手術刀**。」

說着，他把刀交給華生，並問：「這方面你比我在行，

④

⑤

⑥

⑦

③

⑧

②

⑨

①

⑩

蠟燭　　　頸巾

火柴　　　手術刀

❶ 蠟燭　　❼ 小皮包
❷ 手術刀　❽ 鉛筆盒
❸ 懷錶　　❾ 軟木塞
❹ 金幣　　❿ 單據
❺ 煙斗
❻ 火柴

看得出是什麼刀嗎?」

華生看了一下,馬上就看出來了:「這是專門做白內障手術用的小刀。」

「唔……死者史崔克拿着手術刀幹什麼呢?」福爾摩斯自言自語,「況且,這種刀不能折起收藏,放在口袋裏也不方便。」

狐格森聞言,馬上撿起桌上的軟木塞說:「這個木塞有被刺穿過的痕跡,看來是用來保護刀尖用的。據史崔克太太說,小刀原本是放在梳妝枱上的,可能史崔克出門時隨手撿起,用來防身吧。」

「唔……」福爾摩斯似乎並不同意,但他沒

說出來，反而問道，「對了，小刀上沾有血跡，難道他與疑犯糾纏時刺傷了對方？」

「疑犯鼠普森身上沒有傷痕，但死者的大腿反而被割傷了。看來，死者在倒地時意外割傷了自己，血跡應該是死者的。」狐格森說。

福爾摩斯注意到桌上的幾張單據，於是問：「這些又是什麼？」

狐格森答道：「都查過了，除了當中的一張是服裝店的發票外，其他全是馬廄的單據。」

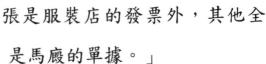

「服裝店的發票？」

福爾摩斯抽出那張發票細看，

發票？

「唔……是倫敦萊蘇瑞爾夫人服裝店的發票，共花了**$37鎊15先令**，真不便宜呢。不過，為何發票是開給**威廉・德比希爾**呢？他是誰？」

「據史崔克太太說，德比希爾先生是她丈夫的朋友，有時會收到這個人由倫敦寄來的信。」狐格森說。

福爾摩斯想了一想，似乎對於這個說法有所懷疑，但他沒有對此表示什麼，只是說：「那麼，我們去兇案現場看看吧。」

四人一起離去時，在走廊上碰見了一個**面容憔悴**、雙眼哭得通紅的中年女人，她拉着狐格森的衣袖問：「怎樣？疑犯招認了嗎？為什

麼他要殺死我丈夫？」

「史崔克太太，我們還在調查當中。」說着，狐格森轉過身來介紹，「這位是福爾摩斯先生，他特地從倫敦來幫助調查的。」

福爾摩斯向夫人點頭示意，突然，他好像想起了什麼似的說：「夫人，你好面熟。我是否在浦利茅茲的一個宴會上見過你？」

「不不，你弄錯了。」史崔克太太說。

「是嗎？但我記得你穿着一件鴿灰色的絲質

鴿灰色的禮服。

你弄錯了。

還有鴕鳥毛裝飾。

我沒這種衣服。

禮服，衣服上還有**鴕鳥毛**的裝飾呢。」

「不可能，我並沒有一件這樣的衣服。」

「啊⋯⋯是嗎？那我肯定是認錯人了。」福

爾摩斯看來有點失望地說。

羅斯上校把這個對答看

在眼裏，他不知道我們的

大偵探在做什麼，只覺得

福爾摩斯有點**糊塗**，連見

過的人也會搞錯，怎樣看也

不像一個著名的私家偵探。他對福爾摩斯的信

心又再一次**動搖**。

不過，華生卻知道福爾摩斯這樣問必有他

的原因，只是想不通為何有此一問而已。＊

＊各位讀者，你們又想到福爾摩斯為何有此一問嗎？

P.29數學遊戲答案①

福爾摩斯事先知道電線桿每隔1哩1根，他看着手錶，測得火
車在兩根電線桿之間的行駛時間。只要將這個時間除以1哩，
再乘以60分鐘，就是火車的時速了。

數式是：1哩÷兩根電線桿之間的行駛時間×60分鐘＝時速

兇案現場

離開大屋後，在狐格森的帶領下，四人一起走到了發現史崔克屍體的兇案現場。那是草原上的一處低窪地，窪地上面的小坡上有一株瘦弱的小樹，死者的雨衣就是掛在這株小樹上。

福爾摩斯看看死者躺臥的位置，再看看那株小樹，問：「事發當晚很大風嗎？」

「只是下了一場雨，但沒有什麼風。」羅斯上校答。

「那麼，雨衣不可能被吹到樹丫上去。」華生說。

「對，只有兩個可能。一是死者自己掛上去

的，二就是兇手掛上去的。」福爾摩斯分析。

「我認為是兇手掛上去的。當晚下雨，

死者在雨中沒有理由脫下雨衣。」狐格森說。

「有道理。不過，為什麼兇手
殺了人後還要脫下死者的衣服，
然後又掛上樹丫上呢？」福爾摩
斯問道。

「我早已想過這個問題。」狐格森成竹在胸

地說，「因為兇手想人們快點發現屍
體，把死者的雨衣掛在樹丫上，從遠
處也可以一眼看見。」

「這個分析很有趣。但是，如
果這是真的，又會引發另一
個問題——兇手為什麼想
人們快點發現死者的屍體

呢？」福爾摩斯又問道。

「這……一定有什麼理由，但我還沒想到。」狐格森被問得急了，只能這樣回答。

「沒關係，始終會找到答案的。」說完，福爾摩斯細心地檢查地面，「這裏有很多鞋印呢，已給踏得亂七八糟了。」

「沒辦法，很多都是馬僮們發現屍體時踏上去的。不過，我們在調查時，已在泥地上鋪上了墊子，減少了受破壞的程度。」狐格森說。

「果然是老手，保持現場原狀是最重要的。」福爾摩斯不禁誇獎道。

「哈哈哈，這個是查案的常識罷了，不值得誇獎。我還帶來了死者史崔克和疑犯鼠普森的 ，還有一塊銀星神駒備用的馬蹄鐵呢。」狐格森嘴裏謙虛，其實心裏是有點得意的，因為他知道要得到福爾摩斯的稱讚可不容易。

「啊！了不起，你準備得真周到。」

「哈哈哈，沒什麼，我早知道有用嘛。」狐格森更得意了。

　　福爾摩斯接過鞋子，先用來量一量地上的

鞋印，然後，又趴在墊子上仔細地檢視地面，

好像在找什麼似的。

　　他在地面上找了一會，突然把手**插**進一堆

隆起的泥中，挖出了一枝小木枝。

　　「啊！看來是一枝燒剩一半的**火柴枝**

呢。」華生有點興奮地說。

狐格森這時有點慌了，連忙說：「哎呀，你的眼睛好利，連藏在**泥巴**中的火柴枝也能發現。」他在羅斯上校面前走漏眼，面子上並不好過。

　　「這不是『**發現**』的，這是『**找**』出來的。我剛才趴在泥地上就是為了找這東西。」

　　「什麼？『找』出來的？難道你一早就知道它掉在泥巴中嗎？」狐格森顯得頗為驚訝。

　　「沒錯。」福爾摩斯說完，又低着頭在泥地上緩慢地走來走去，仔細地檢查地面。

　　羅斯上校看來有點等得**不耐煩**了，於是說：「狐格森和李大猩他們已看過啦，不必再花時間了吧？」

　　福爾摩斯抬起頭來，笑着說：「說得也是，看來不會再有什麼發現了。」

「那麼我們回去吧。」狐格森看來鬆了一口氣，如果又在泥地上發現什麼的話，他在羅斯上校面前，簡直就是顏面無存了。

福爾摩斯拍拍沾了泥沙的雙手，說：「我還想在附近走一會，視察一下周圍的環境，順便呼吸一下新鮮空氣。還有，可以把馬蹄鐵借我一用嗎？希望它能為我帶來好運*。」

「當然可以。」狐格森把馬蹄鐵交給福爾摩斯。

羅斯上校深深地歎了口氣說：「看來我得向大會申請，把銀星神駒從賽事中除名了。」

*西方人相信馬蹄鐵能帶來好運。

61

「這倒不必，我相信銀星神駒一定會回來參賽的。」我們的大偵探別有意味地說。

「啊！」羅斯上校和狐格森都感到驚訝，露出**不可置信**的表情。

華生心中也感到詫異，不知道為何福爾摩斯能夠這麼肯定，難道他已發現了什麼**重要線索**？

幸運的馬蹄鐵

羅斯上校和狐格森先行回到史崔克的大屋休息。福爾摩斯和華生也離開兇案現場，他們先走上草原上的**小山坡**，從高處觀察了一下地勢。

「現在怎辦？你不是真的為了呼吸新鮮空氣才留下來吧？」華生知道，我們的大偵探留下來，必然**另有目的**。

「嘿嘿嘿，天氣這麼好，查案之餘呼吸一下新鮮空氣也不錯呀。」福爾摩斯開玩笑地說，「當然，我們還要順道去找銀星神駒。」

「草原這麼大，怎麼找啊？如果疑犯鼠普森真的把牠偷了，就更難找了。」華生

看着一望無際的草原，感到**茫無頭緒**。

　　福爾摩斯一口否定：「鼠普森沒有偷走銀星神駒，我們不必從這個方向去想。」

　　「啊？你怎能夠這麼肯定？」華生問。

　　「**因為咖喱**。」

「咖喱？與咖喱有什麼關係？」華生摸不着頭腦。

「因為**只有辛辣**的咖喱才能**消除**鴉片**那股強烈**的味道，如果當晚昏迷的馬僮猴特不是吃咖喱餐，疑犯就算把鴉片粉混在晚餐中，他一吃就能吃出來。」福爾摩斯說。

「**啊**……」華生終於想通了箇中道理，「鼠普森不可能預先知道當晚猴特吃的是咖喱餐，所以把鴉片粉混進餐中的一定不是他了！」

「對，倒過來說，**只有預先知道**當晚吃**咖喱餐**的人，才能成為在餐中**下藥**的**疑犯**。就是說，疑犯是金斯伯倫馬廄裏的人！」福爾摩斯的語氣肯定，沒有一點猶豫。

「既然這樣，我們應該馬上回去馬廄，去找出內鬼才對呀！」華生說。

「不，疑犯走不了。現在更重要的是找回銀星神駒。」福爾摩斯似乎對找出疑犯並不熱心。

華生用手杖指着大草原說：「但怎麼找？你看，草原這麼大，要在草原上找一匹馬，簡直就是大海撈針啊！」

「嘿嘿嘿，知道馬的特性就不難找了。」福爾摩斯看來毫不擔心。

「馬的特性？」

「馬是群居動物，走失後一定會想辦法回到馬群之中。所以，銀星神駒不是回到原來的馬棚，就一定是走去附近的馬廄。」*

說到這裏時，華生突然看到遠處有一群

*福爾摩斯的這個分析對嗎？大家不妨想想看。

人正在朝另一個山坡 *緩緩移動* ，於是說：

「看！那邊有一群吉卜賽人，也有可能是他們偷走了銀星神駒呀。」

「不會。警方對吉卜賽人的 成見 很深，一有什麼罪案發生就會聯想到他們。吉卜賽人也深明此理，怎會自惹麻煩，走去偷走一匹很難脫手的名駒？」福爾摩斯看來對警方歧視吉卜賽人有點不滿。

「但附近的馬廄只有 梅普爾頓 ，狐格森他們已查過了，我們還要去查嗎？」華生感到疑惑。

「哈哈哈，你怎麼忽然對狐格森和李大猩有這麼大信心。」福爾摩斯笑問。

P.33數學遊戲答案②

套用p.53的算式，就可算出以下答案了。
0.5哩 ÷ 0.5分鐘 × 60分鐘＝時速60哩

華生臉上一熱，覺得自己失言了：「他們兩人嗎？唔……信心不大呢。還是我們親自去看一下穩當一點。」

「那麼，我們就朝梅普爾頓的方向走吧。」說着，福爾摩斯已起步走了。

走了不久，福爾摩斯好像發現了什麼，急步走向一處低窪地，他邊走邊說：「下面好像有些馬蹄印。」

果然，低窪地上留下了兩行馬蹄鐵的腳印。福爾摩斯連忙掏出剛才向狐格森借來的馬蹄鐵，把它放在蹄印上量度。

「哈哈哈，馬蹄鐵果然為我們帶來好運呢！你看，兩者大小恰好一樣！證明這些腳印是銀

星神駒留下的。兇案發生當晚下了雨，但在草原高地的泥土比較**乾**，雨水也不易積聚，馬走過不會留下腳印。不過，在低窪地就不同了，雨水積聚讓泥土比較**鬆軟**，馬兒走過就會留下清楚的腳印了。」大偵探興奮得**手舞足蹈**。

「難怪狐格森他們沒發現腳印了，他們只在兇案現場附近的幾百碼搜證，那邊地乾，馬兒走過也不留痕跡。」華生說。

P.53問題答案

福爾摩斯在看完服裝店的發票後(p.50-51)，對一件衣服問得那麼仔細，其實是想知道史崔克太太是否擁有那件衣服。因此，不問可知，那張發票上寫的正是那件衣服。那麼，那件名貴衣服又是屬於何人的呢？看下去就知道了。

　　兩人緊跟着 **馬蹄鐵** 留下的腳印，一直往前走。走了不久，發現馬蹄鐵腳印的旁邊，忽然多了一些鞋印。

　　「唔……是尖頭鞋的鞋印呢。」福爾摩斯看着 **鞋印** 說。

盜馬賊現形？

　　兩人連忙跟着鞋印和馬蹄印走去，兩種印記都**斷斷續續**地在泥地上顯現，乾的地方印記忽然消失了，但踏進一些比較濕潤的泥地時，它們又重現眼前。走了不久，他們已看到了梅普爾頓馬廄在不遠處。

　　華生以欽佩的語氣說：「果然一如你所料，跟梅普爾頓馬廄有關呢。」

　　他們急步往馬廄走去，走到入口處，見閘門大開，於是就逕自入內。

　　但一步踏進門口，左邊卻忽然閃出一個**兇神惡煞**的大漢，並攔在兩人前面喝道：「這裏不許閒人進入！」

Mapleton

「我們是來找練馬師**犀布朗**先生的，請問他在嗎？」福爾摩斯有禮地問道。

「我就是犀布朗，你是什麼人？」自稱犀布朗的大漢踏前一步，**粗聲粗氣**地喝問。

「**尖頭鞋!**」華生看到犀布朗穿着的鞋時，心裏不禁暗叫。

福爾摩斯**不動聲色**，面露微笑地說：「犀布朗先生嗎？我名叫福爾摩斯，正有事情想請教你呢。」

犀布朗以威嚇的語氣說：「哼！什麼福爾摩斯？我不認識這個人，馬上給我滾！」說完，他又踏前一步，用他那龐大的身軀**逼近**福爾摩斯。

「你不想我滾的，因為我要請教的是……」我們的大偵探故意一頓，然後才以仿如**利劍**

直插敵人要害的語氣說，
「銀星神駒的去向啊！」

「啊！」犀布朗心頭一
顫，不由得退後了一步，
老羞成怒地吼叫，「什
麼去向？牠的去向跟我有
什麼關係？你⋯⋯不要
亂說話！」

福爾摩斯輕輕地往
犀布朗踏前一步，
故意壓低聲音說：
「你想**大吵大
嚷**，引起其他人
注意嗎？看來，還
是邀我到屋內細談

你想大
大嚷⋯

引起其他人
注意嗎？

進屋內談吧。

會方便一點。」

犀布朗聞言，氣得**滿面通紅**，正想再次發作之際，福爾摩斯無言地踏前一步，兩眼更射出銳利的目光盯着犀布朗，就像已把一切**惡行**看穿。犀布朗赫然一驚，不期然地又退後一步，看來已給我們大偵探的氣勢壓倒了，只好說：「那麼，我們進去屋內談吧。」

福爾摩斯向華生遞了個**眼色**：「華生，你在這裏等我幾分鐘，很快就完事。」說完，就隨犀布朗走進屋中。

不一會，福爾摩斯先從屋內步出，而犀布朗則**垂頭喪氣**地跟在後面，有如一條鬥輸了的狗，剛才那股盛氣凌人的霸氣，已不知跑到

哪裏去了。

「犀布朗先生，就拜託你啦。」我們的大偵探雖然說得客氣，但在華生聽來，卻像不得不從的**命令**。

犀布朗聞言，馬上趨前**點頭哈腰**，畢恭畢敬地說：「是的、是的，小弟定當照你的意思去做。」

福爾摩斯突然**臉色一沉**，以警告的口吻說：「記住，千萬不要再搞花樣啊，不然你知道會有什麼後果。」

「絕……絕對不會，請……請你放心。」犀布朗說得**期期艾艾**，「我會洗刷乾淨，把那個……還原本來面目的。」

福爾摩斯頭也不回地把手一揚，說：「那倒不必，只要不搞其他花樣就行了。再見。」

「**好的、好的。**」犀布朗哈着腰，目送福爾摩斯和華生離去。

待走遠了，華生才問道：「銀星神駒呢？真的在他那兒嗎？」

「嘿嘿嘿，那傢伙**欺善怕惡**，我出言恐嚇一下，他馬上就坦白了。」福爾摩斯笑着說，「原來銀星神駒真的跑來了這附近，犀布朗當日一早起來散步，在草原上發現了牠，既然**得來全不費工夫**，就把

牠帶到自己的馬廄藏起來。」

　　華生感到疑惑地問：「狐格森他們不是搜過這裏嗎？怎麼沒有發現呢？」

　　「犀布朗是個一流的練馬師，他要把一匹馬**改頭換面**是輕而易舉的事，何況狐格森和李大猩又不是相馬專家，不容易看出來。」

　　「既然已找到了失馬，為什麼不馬上把牠帶回去給羅斯上校？」華生問。

　　「**哈哈哈！**問得好，本來我也想馬上把銀星神駒帶回去的。」福爾摩斯狡點地一笑，「可是，那個羅斯上校太高傲了，說話也不客氣，我想趁機教訓他一下。」

「教訓？怎樣教訓？」

「這要**賣個關子**，你等着看戲就行了。所以，千萬不要把犀布朗的事告訴他。」福爾摩斯叮囑。

「把銀星神駒留在這裏，不怕那傢伙傷害牠嗎？」華生有點擔心。

「一點也不怕。那傢伙給我抓住了**痛腳**，只會對銀星神駒更好，哪敢傷害牠。」

「那麼，下一步怎麼辦？」華生問。

「回去跟狐格森和羅斯上校打個招呼，然後**乘夜車**回倫敦。因為，我們還要找出史崔克被殺的原因。」福爾摩斯說。

羊與狗

　　福爾摩斯和華生沿着舊路，急步走回金斯伯倫馬廄，羅斯上校和狐格森仍在等待他們。

　　聽到福爾摩斯說要回倫敦，羅斯上校感到很驚訝：「什麼？**今晚就回去嗎？**還未找到殺人兇手就放棄了？」

　　「不，其實這裏已調查得**七七八八**了，至於史崔克先生為何被殺，相信要回倫敦才能查出來。」福爾摩斯答道。

　　「那麼，你究竟查到了些什麼？」狐格森問。

　　「別心急。我還有一個問題，這裏除了馬之

外，還飼養了什麼動物？」福爾摩斯問。

「這與本案有什麼關係？」羅斯上校有點不耐煩地問，但福爾摩斯微笑不語，他只好答道，「還有看守馬廄的狗，幾十隻雞和一群羊。」

「羊？」福爾摩斯眼前一亮，「可以帶我去看看嗎？」

羅斯上校雖然有點不願意，但也**勉為其難**似的帶着福爾摩斯他們三人，走到數百碼外的羊圈去。

剛好有一個牧羊少年指揮着幾隻牧羊狗，把過百隻羊趕回羊圈中。羊群發出「**咩咩咩咩**」的聲音，叫個不停。

羊？

「啊？那牧羊少年不就是**猴特**嗎？」狐格森有點驚訝。

羅斯上校臉帶不屑地說：「那小子本來負責照顧銀星神駒的，事發那一晚他卻睡着了，連馬兒給人偷了也不知道，現在就**罰**他看羊。」

「原來就是這個少年嗎？」福爾摩斯看來甚感興趣，他扔開羅斯上校他們不管，逕自走向少年，和少年**交頭接耳**地說了幾句後，又堆着滿足的笑臉走回來。

「好了，我要看的已看過了，現在就回倫敦去。不過，我還想借張死者史崔克的照片一用。」福爾摩斯說。

狐格森從口袋裏掏出一張相片說：「這裏正好有一張。」福爾摩斯接過照片，看了一看就放進口袋中。

羅斯一直看在眼裏，卻完全看不出什麼線索，更不知道福爾摩斯的一舉一動所為何事，他有點生氣地說：「兇手找不到，銀星神駒也不知去向，你叫我怎辦？」

福爾摩斯回過頭來，以堅定的語氣說：

「不必擔心，兇手和銀星神駒都會在星期日的賽事上現身！」

啊
!?

阿
!?

羅斯上校和狐格森都一臉愕然。

「別忘了派一位騎師出賽啊。」我們的大偵探向兩人拋下一句**忠告**，就與華生一起乘馬車趕去火車站了。

火車上，華生問：「你剛才跟那個叫猴特的少年談了些什麼？」

「非常重要的事情，跟**羊和狗**有關。」

「羊和狗？」華生並不明白。

「我問那群羊有沒有異常的地方，他說當中有三隻好像腿受了傷，走路**一拐一拐**的。另外，他說當晚守夜時，一直帶着一隻**看門狗**在身旁。」福爾摩斯打了個呵欠說。

「這和兇案有什麼關係？」華生問。

「嘿嘿嘿⋯⋯⋯當然有關係。」福爾摩斯閉上眼睛，把頭靠在椅背上，簡潔地說出了自己的分析。

華生聽完，面上露出了**難以置信**的表情，他沒想到羊和狗也是破案的重要線索。

福爾摩斯說了什麼呢？其實，他只披露了以下兩點，但華生馬上就明白**箇中奧妙**了。

各位讀者，你們又明白嗎？不妨想想看。

想不到也沒關係，看完整個故事就會明白了。

他叫德比希爾，常來買衣服。

福爾摩斯和華生回到倫敦後，第二天早上，就拿着死者史崔克的照片，按發票上的地址跑去萊蘇瑞爾夫人 **服裝店** 查問。一問之下，竟然又有驚人的發現，因為據店員說，照片中人名叫德比希爾，常和年輕漂亮的太太來買衣服，而且出手還很 **闊綽**！

「實在太奇怪了。」華生一走出服裝店就向福爾摩斯說，**「原來死者史崔克就是威廉・德比希爾，為什麼他要這樣做呢？」**

德比希爾　　　　　史崔克

「簡單不過，他化名為威廉·德比希爾，只不過是為了方便享受**齊人之福**罷了。那個年輕的妻子，其實是他的情婦。每次來倫敦出差，他就和情婦幽會。但回到馬廄後，又回復練馬師史崔克的身份。」福爾摩斯好像一早就預料到這個結果。

「**原來如此**。」華生恍然大悟。

「史崔克為了養情婦，每個月的花費一定不少。為了錢，他只能**鋌而走險**，結果把他推下死亡的深淵。」

「我明白了。但下一步怎辦？」

「什麼也不用做，等到星期日，去馬場觀看西撒克斯盃的賽事就行了。」福爾摩斯說。

賽馬場上的疑惑

星期日，馬場上人頭湧湧，好不熱鬧。福爾摩斯和華生一早已發了 電報 ，約好羅斯上校和狐格森等人在溫徹斯特的馬場見面。

福爾摩斯和華生走上馬主專用的看台上，只見除了羅斯上校和狐格森外，連李大猩也來了。

「啊，等你許久啦。」李大猩一看到福爾摩斯，就上前追問，「你在倫敦查到了什麼？」

福爾摩斯故作神秘地答：「沒什麼啊，只是些小事情。我反而想知道你從疑犯身上查到了什麼呢。」

「哼！那個鼠普森的嘴像閉上了殼的蚌，死也不肯坦白。」李大猩說得咬牙切齒，「我問他為什麼死者手上會有他的頸巾，他說看到馬僮拉狗來趕客，於是匆忙奔逃，跑得熱了，就把頸巾脫下塞到口袋中，不知怎的半途丟失了也沒察覺。」

「啊……他真的這麼說嗎？」福爾摩斯眼前一亮，「呵呵呵，連最後一個難題也讓他解開了呢。」

李大猩摸不着頭腦，問道：「什麼最後一個難題？」

福爾摩斯正想回答時，羅斯上校和狐格森就走過來了。

「怎麼看不見銀星神駒的？你不是說牠和兇手都會現身的嗎？」羅斯上校的

口吻簡直就像質問了。

華生覺得上校說話太無禮，正想發作時，我們的大偵探卻故意裝出**焦急**的樣子說：「什麼？還沒有來嗎？不可能吧，約好了會來的呀。」

狐格森見狀，驚訝地問：「什麼約好了？馬兒和兇手怎會跟你約好了來這裏？別開玩笑了吧。」

華生知道我們的大偵探是在**故弄玄虛**，要戲弄一下羅斯上校他們，心裏忍俊不禁，幾乎笑出聲來。

愚蠢的李大猩當然不知就裏，還乘機嘲弄一番：「哼！疑犯鼠普森都不肯招供，銀星神駒又怎會無緣無故地跑出來。有人只是為了面子，**信口開河**罷了。」

「這……」羅斯上校急得直跺腳,「怎麼辦啊?我還叫大會預備了位置,讓銀星神駒出賽的呀。」

李大猩不管上校焦急,以為反正沒有事情幹,於是拉着狐格森說:「算了吧,在這裏也不會等出什麼結果來,與其白花時間,不如去下注賭一場,昨天我已研究了一整天,終於找到一匹必勝馬。」

「必勝馬?真的嗎?」狐格森聞言,馬上跟着李大猩趕去下注了。

「你們……你們怎可以……?」羅斯上校要叫也叫不住,只見兩人已消失在趕去下注的人群之中。

福爾摩斯拿出華生早已準備好的望遠鏡,往下面的賽道看去。他看了一會兒,就把望遠

鏡交給羅斯上校，並說：「上校，請你看看賽
道旁顯示的出賽馬名單吧。」

羅斯上校地接過望遠鏡一看，馬
上驚叫起來：「啊！怎會這樣的，賽馬名單上
竟然寫着『銀星神駒』呢！」

這時他們身旁剛好有兩個人走過，一個高聲地說：「銀星神駒是這場賽事的大熱門啊。」

羅斯上校驚喜交雜地向福爾摩斯和華生說：「你們聽見了沒有？有人說我的銀星神駒是大熱門啊！」

福爾摩斯忽然狡黠地一笑：「嘿嘿嘿……我不喜歡賭錢，但也破例買牠贏呢。羅斯上校，牠是你的名駒，可不要讓我輸錢啊。」

就在這時，馬場響起了一陣騷動：「嘩！馬匹出場了！」

羅斯上校聞言，馬上用望遠鏡找尋愛駒的蹤影，可是找來找去也找不到。

「怎麼搞的？明明是說銀星神駒會出賽的呀，怎麼全部馬匹都出場了，牠還沒現身呢？」

「嘿嘿嘿⋯⋯遠在天邊，近在眼前，只是你自以為看不到罷了。」福爾摩斯越說越玄妙。

聽得莫名其妙的羅斯上校只好再用望遠鏡對賽道上的馬匹逐一觀察，他忽然發現了什麼似的說：「啊？那個穿綠色制服的是我派出的騎師，但他騎的那匹六號馬⋯⋯額頭上並沒有白斑啊。那怎會是銀星神駒呀？」

就在這時，馬閘「嘩」地一開，六匹出賽馬不約而同地後腿一蹬，揚起一陣沙塵和『嘩嘩嘩嘩』的巨響，如箭般衝出。

「啊！那匹馬的跑姿，很像銀星神駒啊！怎會這樣的？這究竟是什麼回事？」羅斯上校用望遠鏡緊緊地追着賽道上那匹可疑的馬，又興奮又疑惑。

福爾摩斯和華生不禁**相視一笑**，卻沒有回答羅斯上校的問題。

羅斯上校雖然不敢肯定那匹是自己的名駒，但仍用望遠鏡盯着，因為那匹馬的**速度**

很快，而且奔馳的姿態實在太像銀星神駒了。

不一會，「**呀！轉入衝線的直路了！**」羅斯上校忘形地大叫，「牠跑第三啊！快追！」

福爾摩斯和華生也不禁緊張起來，他們和上校一樣，也緊盯着下面的賽道，只見六匹馬在賽道上你追我逐，排第三位的那匹馬看來後勁非常凌厲，很快就追過了前面的馬，進佔了第二位。

「哈哈哈！牠追過了第二匹馬啦！」羅斯上校興奮地叫道，「**快追上去！**要追過前面那匹馬呀！**快！快！快！**」

跑在前頭的兩匹馬爭持得非常激烈，兩者相差只是一個馬頭的距離，但離衝線只有幾個馬位。觀眾太緊張了，這時幾乎全部都站起

來，拚命地為自己下注的馬兒打氣！

福爾摩斯和華生也完全投入到賽事中，兩人跟其他觀眾一樣，喊破了**喉嚨**地高呼：「快追！快追呀！」他們似乎已忘記了來觀看比賽的真正目的。

「哎呀呀！*追！追！追！追過了！*」全場大叫。

在最後衝線的一刻，那匹疑似銀星神駒的快馬，追過了領先的那匹馬，以第一名**衝線**了！

實在太精彩了！羅斯上校呆了片刻，才懂得丟下望遠鏡，他像小孩一樣擁抱着福爾摩斯又哭又笑的叫道：「*嗚嗚嗚！哈哈哈！牠追過了！牠贏了！*」

福爾摩斯也擁着上校大叫：「**哈哈哈！我贏了！我也贏了！** 上校，謝謝你，你的銀星神駒讓我贏了！」

華生在旁看着兩個樂極忘形地擁在一起的大男人，不禁流下了一滴**冷汗**。

半晌，兩人終於察覺到華生那**目瞪口呆**的目光，才尷尬地笑了笑互相推開對方。

「咳咳咳。」羅斯上校清一清喉嚨，回復他平時**道貌岸然**的樣子說，「唔……跑得實在不錯，真有點兒銀星神駒的風采。」

福爾摩斯也回復他那大偵探的模樣，斜眼瞥了一下羅斯上校，然後**冷冷地**道：「嘿嘿嘿，那可不是『有點兒銀星神駒的風采』啊！牠簡直就跟銀星神駒一模一樣呢。不信的話，我們下去賽道看看。」

華生仍然呆呆地看着兩人，對兩人「**變身**」之快，不知道該如何反應才好。

真相大白

羅斯上校、福爾摩斯和華生三人走到賽道去。那位跑第一的騎師拉着頭馬過來，向羅斯上校說：「我們贏了。」

「但是……牠就是銀星神駒嗎？」羅斯上校仍感疑惑。

「當然，牠正是**如假包換**的銀星神駒！」福爾摩斯說着，從口袋中掏出早已預備好的酒精和抹布，他把酒精倒在抹布上，然後往銀星神駒的額

頭**擦了幾下**，原本棕色的毛露出了白色，再擦了一會之後，一塊星形**白色斑紋**完全顯露出

來。牠果然就是如假包換的銀星神駒！

「啊……！」羅斯上校看到失去的愛馬重現眼前，驚喜得張口結舌，一下子竟然說不出話來。

「嘿嘿嘿……有個壞心眼的人一直把牠藏起來，不過看來把牠照顧得不錯，否則牠就不

106

會跑第一了。」福爾摩斯說。

羅斯上校激動地握着我們大偵探的手，有點兒尷尬地說：「我一直懷疑你的能力，實在感到很慚愧，我必須向你道歉。」

「不必客氣，你叫我來幫忙，我只是盡力而為罷了。」

「不過……」羅斯上校有點猶豫地問，「你說那個**殺人兇手**也會來的呀，那人在哪裏？」

「殺人兇手嗎？」福爾摩斯狡黠地一笑，然後故作嚴肅地向上校一指，「**兇手就是**

━━━━━你！」

「什麼？別開玩笑了，怎會是我？」羅斯上校嚇得退後了兩步，正好碰到他身後的銀星神駒。

「哈哈哈！我還沒說完呢。我是說，兇手就是你……身後的銀星神駒啊！」福爾摩斯笑着說。華生心中暗笑，他知道我們的大偵探故意這樣**虛晃一招**，只是為了戲弄一下上校而已。

「此話怎說？」上校感到詫異。

「**一切得從咖喱說起。**」接着，福爾摩斯把他早已在心中整理好的案情一一道出。

照片中的是德比希爾先生，他常與年輕漂亮的太太來買名貴衣服。

犯人其實是練馬師史崔克，他為了包養在倫敦的情婦，必須賺取更多收入。

於是，史崔克就在賽馬中**動腦筋**，下注賭大熱門銀星神駒在比賽中跑輸。為了確保賽果，史崔克必須弄傷銀星神駒的腿，讓牠在比賽中跑得慢一點。於是，他買了一把手術刀，先在幾隻**羊**身上做試驗，割傷牠們的腿，看看是否有效。馬僮說羊群中有幾隻**一拐一拐**正是這個原因。當史崔克確認有效後，就選了一個晚上實行他的計劃了。

他在事發當晚叫妻子弄了咖喱餐，然後在守夜馬僮猴特吃的餐上撒下了鴉片粉，把猴特弄至不省人事。因為，只要猴特昏迷了，他就可以在沒有人察覺下把馬拉到野外施手術了。看門狗見來者是主人，所以沒有吠。

史崔克把馬兒拉到數百碼外，就可避免動
手術時驚動他人。他在途中看到鼠普森掉下的
頸巾，就順手撿來當繩子，以便動手術時固定
馬腳。他把雨衣脫下掛在樹上，是因為怕動

手術時礙手礙腳。至於在泥巴中找到的那半截
火柴枝，是他燃點蠟燭後丟下的。

　　可能是動物與生俱來的本能吧，銀星神駒一

定是覺得史崔克的行為有異，當看到他拿着手術

刀和頸巾捉住自己的腳時，牠就**本能**地反抗，混

亂中一腳**踢**中史崔克的額頭，然後馬上逃走。

史崔克就這樣倒在地上死去了。

「原來犯人是死去的史崔克自己。唉⋯⋯他

本來是個**老實人**，為了包養情婦，竟然做出這

種傻事。」羅斯上校不禁歎息，「他太太知道

真相後，一定會受到**雙重打擊**。」

就在這時，福爾摩斯赫然發現史崔克太太正由不遠處走近：「啊，真不湊巧，你說起她，她就來了。」

羅斯上校回頭一看，有點不安地說：「啊，我跟她說過銀星神駒和殺人兇手都可能會現身，她一定是來看看誰是犯人吧。」

說着，史崔克太太已走到三人面前。

「羅斯先生，你已找到銀星神駒了？那麼，殺人兇手呢？你們抓到了他嗎？」她一眼就認出上校身後那匹熟悉的馬，於是急切地問。

「這個……」羅斯上校想說出真相，卻又不知道如何開口。

福爾摩斯趁上校猶豫之際，馬上搶着說：「兇手已死了。」

「死了？怎會這樣的？」史崔克太太很驚

訝。當然，華生和上校聽到福爾摩斯這樣說，也頗感意外。

「其實，**兇手是威廉‧德比希爾**，是你丈夫在倫敦的朋友。你記得嗎？他有時還會寄信給你丈夫呢。他花了很多錢在女人身上，為了**還債**，就要求你丈夫合謀偷走銀星神駒，因為這樣就可以讓他在賽事中贏一大筆錢。但你丈夫不肯答應，德比希爾就把他殺了。」

福爾摩斯一頓，故意向上校問道，「是嗎？上校。」

「這個……」一臉驚愕的羅斯上校不知如何回答。

福爾摩斯不讓上校說下去，馬上又接着說：「由於警方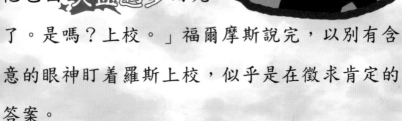追捕得緊，那傢伙想把銀星神駒轉移到其他地點時，卻不小心被銀星神駒踢中頭部，我和華生醫生找到他和銀星神駒時，他已因失血過多而死了。是嗎？上校。」福爾摩斯說完，以別有含意的眼神盯着羅斯上校，似乎是在徵求肯定的答案。

華生聽着福爾摩斯無中生有的故事，完全摸不着頭腦，但他知道我們的大偵探一定有特別的理由，只好默不作聲，靜靜地看着事態的發展。

羅斯上校看看福爾摩斯，又看看史崔克太

太，**沉吟半晌**後，看來已想通了謊言背後的用意，於是歎了一口氣說：「福爾摩斯先生說的都是實情，銀星神駒已為你丈夫報了仇，相信他已可以安息了。」

「史崔克太太，剛才所說的事，希望你保密，不要對任何人說，特別是**警察**。因為這牽涉到銀星神駒的安全。」福爾摩斯說。

「啊？」史崔克太太不明所以。

「理由很簡單。銀星神駒踢死的雖然是殺人兇手，又為史崔克先生報了仇，但牠始終殺了人，按理是要接受**人道毀滅**的。如果警方知道了實情，銀星神駒就難逃一死了。」福爾摩斯說。

「啊……原來如此。」史崔克太太恍然大悟，她含着**淚水**點頭道，「我丈夫一個人死已

經夠了，銀星神駒是一匹有靈性的馬，絕不能讓牠受到傷害。我一定保密。」

　　說完，史崔克太太謝過福爾摩斯和羅斯上校，就拖着沉重的步伐獨自離開了。

　　羅斯上校待史崔克太太走遠後，緊緊地握着福爾摩斯的手感激地道：「非常感謝你剛才的那一番說話，如果史崔克太太知道她丈夫有外遇，還因此丟命的話，一定會崩潰了。」

華生現在才知道福爾摩斯編造虛假案情的因由，原來是為了保護史崔克太太，讓她無須受到不必要的傷害。一向態度傲慢的羅斯上校，並沒有當場暴露真相，證明他也是

↓立心不良

個 **通情達理** 的人，華生不禁暗生敬意。當然，他對福爾摩斯思慮周到、體貼入微的優秀品格，更是肅然起敬了。

↓立心不良

「不過，還有一個 **謎團** 沒有解開。」羅斯上校問，「銀星神駒走失後，究竟是誰把牠藏起來呢？」

↓立心不良

福爾摩斯神秘地一笑，說：「照顧牠的人雖然 **立心不良**，但他已把馬兒歸還，還讓牠勝出。你大人有

大量，就放他一馬吧。」

　　羅斯上校想了一想，說：「其實你不說，我也大概猜到是誰幹的好事。既然你這麼說，我也不便追究了。」

　　就在這時，才見到 狐格森 和 李大猩 氣急敗壞地跑過來。

　　「怎麼了？找到了銀星神駒嗎？怎會這樣的？」李大猩問道。

　　「嘿嘿嘿……我不是說牠一定會出現的嗎？你們走開了，看不到最精彩的一幕，太可惜了。」福爾摩斯忍不住向兩人嘲弄一番。

　　「什麼看不到！我們買四號馬贏，怎料到就輸在銀星

神駒手上,實在太不值了!如果早知六號馬真的是銀星神駒,就不會買四號贏了。」李大猩**憤憤不平**地道。

「嘻嘻嘻,你們輸了嗎?那就更可惜了,因為我贏了啊。」福爾摩斯把手一揚,「我和華生要去拿**彩金**,後會有期!」

說完,就邁開大步離開。

「喂喂喂!你們這就走了嗎?兇手呢?兇手在哪裏?你還沒說呀!不能這麼不負責任呀!」李大猩和狐格森氣得大叫。

可是,福爾摩斯和華生並沒有理會李大猩他們的叫喊,不一會,已**擠進**人群之中消失了。可是,福爾摩斯並沒

有去拿彩金，卻逕自往出口走去。

「咦？不是去拿彩金嗎？怎麼這就走了？」華生問。

「什麼彩金？我根本沒有投注，只是胡謅一番，氣一氣李大猩他們罷了。何況我們的讀者都是小朋友，我怎可以在他們面前賭錢，不怕教壞小朋友嗎？」福爾摩斯笑道。

「什麼？但你剛才還和羅斯上校一起擁抱，好像很興奮的樣子呀！」華生難以置信。

「那個擁抱嗎？哈哈哈！我看見他那麼開心，和他玩一玩罷了。你沒注意嗎？他平時道貌岸然的樣子，我這麼一抱，就露餡了。哈哈哈！」福爾摩斯高聲大笑。

「……」華生看着頑童似的福爾摩斯，也不知道該說什麼才好。

各位小朋友，賭馬是大人的玩意，大家不要學啊！

福爾摩斯破案漏洞大剖析

① 在p.66中，福爾摩斯認為馬是群居動物，所以，銀星神駒既然沒有返回自己的馬棚，就一定是去了附近的馬廄，真的會這樣嗎？

屬河
（改編者）

② 以馬的習性來看，不是這樣的。馬就像狗一樣，就算走遠了，也會千方百計回家。以銀星神駒的個案來說，牠踢倒史崔克後，應該會跑回自己的馬棚。況且，就算有陌生人想拉走牠，牠也不會輕易就範的。

③ 在結局時，銀星神駒竟以「易容」（被塗去額上的白斑）後的身份出賽，可能嗎？

④ 這是絕不可能發生的。因為牠「易容」後，外表上已是另一匹馬，檢驗馬匹的人員是不會讓牠出賽的。況且，就算檢驗馬匹的人疏忽了，馬場那麼多觀眾，也不可能全都看不到吧。

⑤ 這一集也有些漏洞呢，但故事實在精彩，你同意嗎？

my notes

_____
(my name)

大偵探福爾摩斯
銀星神駒失蹤案 ⑤

原著 / 柯南‧道爾
（本書根據柯南‧道爾之《Silver Blaze》改編而成。）

改編&監製 / 厲河　　　繪畫&構圖編排 / 余遠鍠

封面設計 / 陳沃龍　　內文設計 / 麥國龍　　編輯 / 蘇慧怡

出版
匯識教育有限公司
香港柴灣祥利街9號祥利工業大廈2樓A室

想看《大偵探福爾摩斯》的
最新消息或發表你的意見，
請登入以下facebook專頁網址。
www.facebook.com/great.holmes

承印
天虹印刷有限公司
香港九龍新蒲崗大有街26-28號3-4樓

發行
同德書報有限公司
九龍官塘大業街34號楊耀松（第五）工業大廈地下
電話：(852)3551 3388　　傳真：(852)3551 3300

第一次印刷發行　　　　　　　　　　　　　　2011年3月
第十二次印刷發行　　　　　　　　　　　　　2019年5月
Text：©Lui Hok Cheung　　　　　　　　　　　翻印必究
©2011 Rightman Publishing Ltd. All rights reserved.

若發現本書缺頁或破損，
請致電25158787與本社聯絡。

ISBN:978-988-78100-7-0
港幣定價 HK$60
台幣定價 NT$270

網上選購方便快捷　　購滿$100郵費全免
詳情請登網址 www.rightman.net